AF336286

Ye

21259

ÉPITRE

A L'AUTEUR

DE CHILDE - HAROLD,

OFFERTE

AUX GRECS

PAR UN PHILHELLÈNE.

> Je ferais volontiers monnoyer mon cœur,
> s'il le fallait, pour soulager la Grèce.
>
> BYRON (Correspondance.)

METZ,

DE L'IMPRIMERIE DE C. LAMORT.

1826.

DÉDICACE.

Byron, toi qui voulus à l'antique Hellénie
Consacrer tes trésors, tes jours et ton génie,
Que ton ombre et ton nom répandent sur mes vers
Le magique pouvoir de plaire à l'univers !
Peuples civilisés, ma faible voix demande
Pour un peuple qui meurt une pieuse offrande ;
Que tous ceux qu'ont charmés les beaux vers de Byron
Daignent lire les miens embellis par son nom ;
Je les offre en tribut à la Grèce héroïque ;
Qu'ils soient payés pour elle ; une austère critique
Peut les marquer après d'un sceau réprobateur,
Pour leur gloire il suffit d'être offerts au malheur.

ÉPITRE

A L'AUTEUR

DE CHILDE - HAROLD.

Génie audacieux, fidèle scrutateur
Des secrets déchirants que renferme le cœur,
Que ton ombre, ô Byron, pardonne à mon audace ;
D'Harold en soupirant je vais suivre la trace.

Comme toi, je dédaigne un fol aveuglement,
Je préfère à l'erreur un triste isolement ;
Mais hélas ! est-il vrai qu'une injuste puissance
Se plaise aux maux cruels qui troublent l'existence ;
Quand tes accens trop vrais ont fait couler mes pleurs,
Quand j'ai dit avec toi : *nos jours sont des douleurs*,
J'oubliais la vertu, je l'outrageais peut-être :
Vertu, seul bien réel, comment te méconnaître ?
Quels yeux n'ont vu briller quelques-uns de tes traits ?
Quel noble cœur n'a su répandre tes bienfaits ?

Oui, même quand on voit ta céleste lumière
De l'infortuné seul éclairer la carrière ;
Dans les rangs du malheur, auguste Déité,
Quand l'orgueilleux bonheur relègue ta beauté,
Lui-même il n'est qu'un rêve, une coupable ivresse,
Il n'est sans ton appui que méprise, ou faiblesse,
Et l'ame qui sans toi veut chercher le bonheur,
Vole de peine en peine et d'erreur en erreur :

Laissons le jeune enfant, heureux à son aurore
Des globes que son souffle en foule a fait éclore ;
Qu'un fantasque rayon vienne naître et mourir
Sur ces faibles jouets prompts à s'évanouir ;
Que sur ce jeune front la joie expire ou naisse,
Quand la bulle arrondie ou s'élève ou s'abaisse ;
L'enfant heureux de rien, de rien n'est attristé,
Le plaisir qui n'est plus pour lui n'a point été.
Mais quand viendra briller la rapide étincelle
Dont s'anime le feu que notre ame recèle ;
Imagination, ton souffle plus puissant
Voudra créer alors un monde ravissant ;
Puis, au triste flambeau qui suit l'expérience,
Ce monde, trop semblable aux ballons de l'enfance,
Va perdre son éclat, ses songes radieux,

Laisser en s'éclipsant des regrets douloureux ;
Et l'ame hélas ! trop tôt par ses pertes mûrie,
Maudira de l'erreur la brillante féerie.

Byron, qui mieux que toi put connaître ici-bas
Le néant du bonheur que l'on n'y fixe pas ?
Mais, quand tout t'abreuvait des poisons de la vie,
La nature à grands traits fécondait ton génie.
Déroulant à tes yeux ses plus riches tableaux,
Elle s'anime et vit sous tes savants pinceaux.
De la terre et des cieux la sublime alliance
Eclate dans tes vers avec magnificence ;
Byron, salut à toi qui révèles au cœur
Des sentimens moins doux, plus grands que le bon—
        heur.

Sur les âpres sommets des monts de l'Helvétie
Tu sembles recevoir une nouvelle vie ;
Sur la pente rapide où gronde le torrent,
Près des fertiles bords qu'embellit le Léman,
En voyant s'élancer la cascade écumante
Où l'iris fait courir sa flamme étincelante ;
Quand aux sommets glacés des gigantesques monts,
L'astre du jour fuyant concentre ses rayons ;

Quand la neige entassée aux flancs de la montagne
Roule et fait craindre au loin la mort qui l'accompagne;
Quand des Alpes tu vois les sublimes combats
Des élémens fougueux enflammés sous tes pas,
Ton ame s'agrandit à ces grandes images,
Et regarde en dédain la vie et ses orages.

J'écoute : modulant de plus touchants accords,
Du Rhin majestueux tu me décris les bords.
J'admire les beautés que la nature étale
Sur ces monts couronnés de la tour féodale;
Ce beau fleuve sourit aux ravages du temps;
Tu l'as vu féconder encor les mêmes champs,
Quand le donjon tombé dit à peine l'histoire
De ces fiers suzerains de farouche mémoire.

Et sous un ciel plus pur, au pied de ces coteaux
Où l'Arno sur les fleurs aime à rouler ses eaux,
Que tu peins bien ce sol d'amour et de féerie,
Où la ville des fleurs règne sur l'Etrurie,
Ces temples, ces palais, ces bosquets enchantés
Où la nature et l'art prodiguent leurs beautés.
Mais un doux souvenir ramène à la pensée
Les siècles de leur gloire en ces lieux éclipsée :

L'Arno baigne la terre où Michel-Ange dort ;
Il n'est plus, et par lui le marbre vit encor.
Le temple du vrai Dieu s'élance dans la nue ;
Moïse va parler... et la Grèce est vaincue[2].

Au talent qui n'est plus si nous donnons des pleurs,
Quel trait non moins profond va pénétrer nos cœurs !
La reine des cités, veuve d'un peuple libre,
Penche un front languissant aux bords sacrés du Tibre.
Seule elle a triomphé des outrages du temps.
Des empires détruits les débris éloquents
Sur ce sol dévasté, témoin de tant de gloire,
Du bonheur de la terre ont dit ce qu'il faut croire.
Italie ! Italie ! à tes plus nobles fils
Ce qui fit ta grandeur n'est-il donc plus permis ?
Ah ! la mélancolie est la seule influence
Dont cet illustre sol ait gardé la puissance ;
Le germe précieux de l'immortalité
Y meurt du poison lent de la stérilité.
O terre des regrets et des trésors classiques,
Terre, riche à jamais de tes noms héroïques,
Où sont tes Fabius ? où sont tes Scipions ?
La médiocrité, tyran des nations,
Semble avoir épuisé les efforts de sa haine

Pour rendre plus pesant le lourd poids de ta chaîne.
Que cherche l'étranger dans tes murs asservis?...
Le souvenir des jours que le sort t'a ravis.

Mais si des arts on veut dérouler les annales,
Rome est illustre encor, Rome n'a point d'égales;
De ceux qu'elle abattait honorant les revers,
Elle en prenait les mœurs en leur donnant des fers.
Dans les riches débris de son antique gloire [3],
Des phases des beaux arts nous retrouvons l'histoire;
En Egypte, un ciseau bizarre et créateur
Des plus informes Dieux enrichit le vainqueur.
Le travail de l'Etrusque annonce un plus bel âge;
L'ère d'un peuple riche en vertus, en courage,
L'ère d'un peuple aimé de la terre et des cieux.
Oui, la Grèce a marqué d'un vol audacieux
Les bornes du domaine, où fier de sa puissance,
L'homme par le génie étend son existence.
En vain Rome sur elle appesantit ses coups,
Toujours au premier rang, par un pouvoir plus doux,
Athènes voit encor ses dépouilles brillantes,
En dépit des vainqueurs, demeurer triomphantes
Au milieu des débris de ces marbres épars
Que l'on vit s'animer à la voix des Césars.

Aux bords tumultueux d'une mer agitée,
Sous un ciel dont l'éclat soumet l'ame enchantée,
Brillante Parthénope, à la voix du plaisir,
Tu vois la foule avide en ton sein accourir...
La foule !... ah ! loin de moi, lyre mélancolique !
J'aime mieux de tes chants l'harmonie énergique,
Viens me rendre, ô Byron ! les efforts furieux
Du Vésuve en courroux s'élançant vers les cieux.
O spectacle imposant ! sombre magnificence !
Qui peut te contempler avec indifférence,
Toi, l'antique volcan dont les feux destructeurs
Dévorent les cités, les moissons et les fleurs?
Sous les ruisseaux en feu de la lave entraînée,
La nature à la mort semble être abandonnée...
Nature, souffres-tu? dans tes convulsions
Lirons-nous les secrets de tes émotions?
Quand l'orage tonnant, les flammes dévorantes
Sont de nos passions des images vivantes,
Aurais-tu dans ton sein les tristes parités
Des douloureux combats de nos cœurs agités?
Ah ! je veux en douter, Naples, terre d'ivresse,
Sur tes bords séduisants, quel poids a la tristesse !
Aux feux éblouissants de tes jours radieux
Succède de tes nuits l'éclat voluptueux;

Le jour est embrasé, la nuit est douce et tendre,
La voix des voluptés par-tout se fait entendre :
La mollesse, l'amour règnent dans tous les cœurs,
Tout rampe ou veut ramper sous ces maîtres trom‑
      peurs.
Le malheur cherche en vain un réduit solitaire,
Une importune joie insulte à sa misère.
Ah! l'accent où s'exhale un secret douloureux
Ne vibre éloquemment qu'au cœur du malheureux ;
Pour soulager d'un cœur la blessure profonde
Il faut qu'un cœur blessé l'entende et lui réponde.

O toi, qui le premier illustras le malheur,
Toi, dont l'œil d'aigle osa contempler la douleur,
Toi qui fis en tous lieux répéter à ta lyre
Gloire, fortune, amour, tout n'est qu'un vain
      délire!
Byron, l'homme, les arts, les plus riants climats
Des atteintes du sort ne te consolaient pas.
Mais cette immensité que ton ame a sentie,
Qu'elle entrevit un jour sans être anéantie[4],
L'auguste immensité de l'être trois fois grand,
Libre de ses liens, cette ame la comprend,
Sans oublier peut-être au céleste rivage

Le nom qu'elle a laissé sur cette triste plage.

Créateur ! Créateur ! mot sublime et profond,

Que tout être ici-bas sache entendre ton nom ;

Tout ce qui vole à toi s'ennoblit et s'élève,

Sans toi l'homme est à l'homme un effroyable rêve ;

Mais quand, inébranlable au sein du désespoir,

L'ame n'a pu briser le sceau de ton pouvoir,

Quand celle d'un Byron, que le malheur accable,

Conserve de ta main l'empreinte ineffaçable,

La mort, en l'épurant de sa fragilité,

Doit remplir les décrets de l'immortalité.

Assez puni des jours d'ignorance et d'orage

Dont il sent ici-bas le honteux esclavage,

L'homme qui sut aimer doit être heureux par toi...

Aimer !.. ah ! tous l'ont su. Dieu puissant, c'est ta loi.

NOTES.

———

¹ Voyez Childe-Harold, chant III, strophe 46 et suivantes.

² La statue de Moïse, de Michel-Ange Buonarotti, qui décore le tombeau de Jules II, dans l'église de Sᵗ-Pierre In Vincoli, à Rome.

³ Les productions des sculpteurs égyptiens et étrusques conduisent graduellement à la perfection que la sculpture sut atteindre en Grèce.

⁴ Voyez Childe-Harold, chant IV, strophe 155 et suivantes.

FIN DES NOTES.

www.ingramcontent.com/pod-product-compliance
Lightning Source LLC
LaVergne TN
LVHW010102060726
842524LV00006B/2273